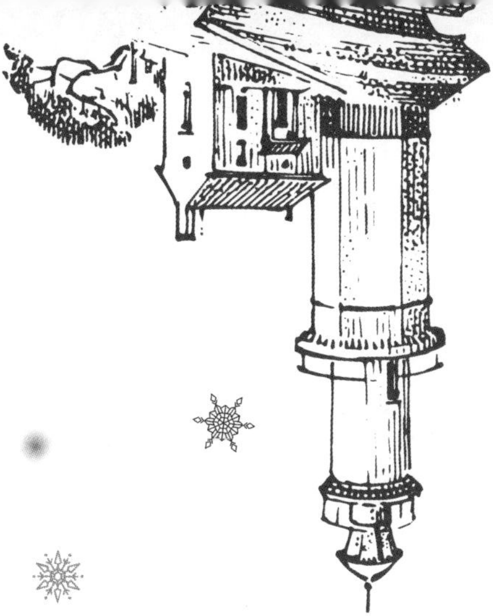

哈囉，生活——捲起千堆雪

草川——著

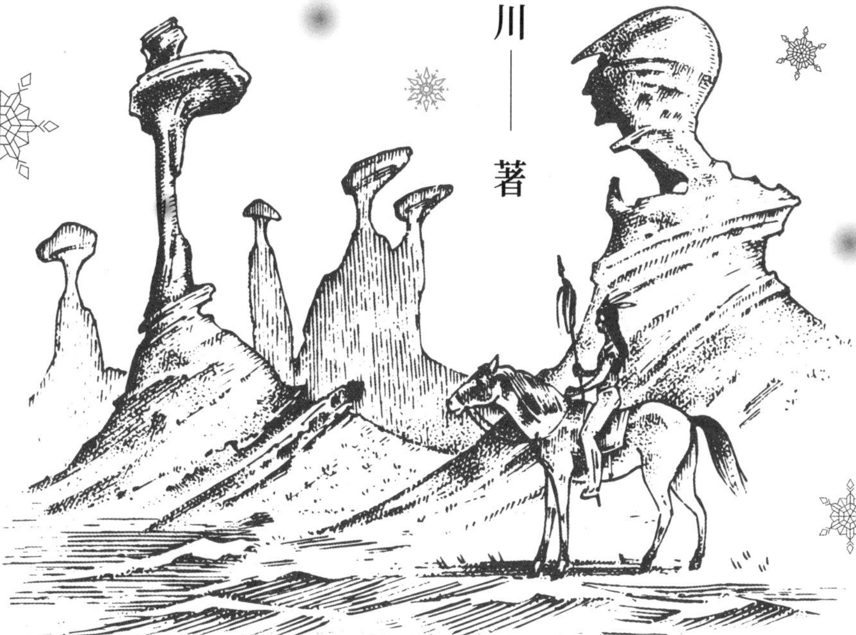

自序

（怎樣才可以
讓妳知道，曾經在
諸神的額頭
張貼著我的
提示，我比
他們更懂得
偷走那條時間
那條線上的
壘球。）

而且在聆聽過
瀑布做出
把季節像
洗髮液的
聲音，之後
總會有趕不及
走進衣櫃的
哭泣遊戲。

拉閉了將來的
窗簾，這條
綠色的吊索
不是我在

棧道跌下去時
看見的
繩子嗎，縛得
隆冬竟這樣
風采，站在海面。
（那時，我還是
和斯巴達作戰的
諸神呢。）

目次

零時十分。

把所有吮飲過
清晨的脂香和
妳面頰上的
粉膩，草草地
疊印在每一幅
哭牆上，以紅酒禮盒
盛載著，偶然
還伸出捉住了
季節尾巴的小手。

那時啊，我抱著
妻子的肩膊
偷偷地帶出來
一堆忘了種族和
群鬥後冷卻了的
記憶，讓它們
浸死在佛羅倫斯
廣場下的水溝吧。

我們帶著佩劍
指著一朵
吃著硬殼果的雲
等著所有的

朝聖者
在沒有聖體可領的
教堂後面的
墓地，甦醒。

千秋？沒有千秋。

喜歡家家酒的
山山，還蹲坐在窗外
一層層的
浪尖，還繼續
偷看鱒魚們的
日記簿，知道
他們寫漏了
水手捱罵的次數。
（海是嚴肅的學校

我是唯一的導師。）

這樣的山，這樣的
潑墨，常常和
我衣櫃的經書
一起異熟，一起
看一團團的
戀愛，逐漸變成
線裝書的西廂。

說起千水，就記得
和她廝守，那些
住在彼此的

手掌裏的
客棧，我們互相
剪短對方的
頭髮，還躺在
沒有甚麼蟲咬的
地氈下，數對方
沾過蜜糖的手指。
（唉，又說起千載。）

焚城，不在夏天。

每次替剛剛
撿拾回來的
頭顱塑造今年
最好的鬍子造型
像花生醬的
深啡色泡沫
一些正在融化的
夏天，慢慢走入
炙熱的雪國，也許

一彈指間，就可
流經他面上的
五嶽，這就
送給他一些
烤香了的
楓葉，遮蓋著
他的傷口。

歌劇院一早就在
塞納河的
水面，展示
歷史裏，最轟烈的
雷聲，紅磨坊最可觀的

舞蹈還睡在
我的口袋，突然就覺得
比莫札特更值得
擁有艾菲爾鐵塔
尖頂上的黃昏。

仍然有滑鐵盧的
狩獵嗎？
柴可夫斯基的
雷鳴槍，一向
放在鋪滿鵝毛的
湖邊，稍後
和煙斗一起
稍後，就有狼煙。

問天，有罪嗎？

好望角回來的
郵差，總是交給我
一個個去年就投寄
像一隻隻
牧羊犬躲藏在
裏面，沒有郵票
的包裹。
（而且也沒有回郵地址。）

從蟲洞做成的
驛站過來
這群不剪指甲
也沒有母親母語的
星座，他們甚至沒有
剪斷臍帶留下的
傷口，而且常常罵天。

由父親變成的
獅子座，告訴我
根本就沒有
拍岸和驚濤的
大江，千堆的雪雨

是磨碎了
而且沒有行腳
而且懸在赤壁
等待被隆冬時
凍傷的信件。

一抬頭，就想起
從另一個彼岸
速遞過來的
茶香，初嫁的
是在相公旁邊
磨墨的十三歲。

長夏，如是朦朧。

從群貓常常走過的
垃圾桶，把撿出來的
禮服，穿好
在髮型屋出來後
拖著我們的
弟弟，就去
沒有紙箱站台的公園
就去參加大革命後
開始有蘇格蘭風笛的

圓舞比賽。
（史脫勞斯那年
還是一個站在旁邊，
把音符拾起來的
饒舌高音呢。）

就去聆聽黑腳的
印第安人的
鋼琴演奏，並且
把哥倫布發現的
南美洲以一個
西班牙人
在瑪雅人搶回來的

圓形臉盤
盛好，插一朵尤加利吧。

而我的外婆開始
講述傷膝溪和
端午節，一些
曾經跌在
不同河床的故事
古代的歷史
從來沒有喜悅過。

花嫁時分。

妹妹扮成了新娘
那天，好聽的
嗩吶，和疲倦的
南風天，躲在花轎的
另一邊，吃著舅舅
買回來的冰糖葫蘆
一手都是
甜膩膩的北京。

忘記載上嫁妝的
隊伍又回來了
送了我一隻隻
輸了錢
斷了足踝的蟋蟀呢。

然後，第二次的
嗩吶，就響起在
耶路撒冷也聽不到的
交響樂，的的打打。

算不清楚哭泣了
幾多次的母親

看著搖曳的路面
吃著粟子
穿著開檔褲子的
鄰家孩子。
（和女兒拉好的窗簾，
終於哭出了聲音。）

望風。

不需要揮手，一座座
帶著晨土的
西牛賀洲就來了
而且向我
伸出攙扶的
右手，左手給我看
薛西弗斯最近的
照片，他的娘子
在下一個分開的

愛琴海等他。
所以今日的頭條
應該是怎樣把
豐收季的扶桑花
靜靜地
撒在最後一個
羅馬人的頭上吧。
他就知道把
龐貝最近一次的
骨灰放在糖果罐裏
告訴我們一直

發酵到明年
最好吃的南風天。

剛攔住雨季的
橫嶺也來了
他們是陀螺一樣的
故舊，送我一大堆
今天才燒好的
舍利子。

女兒初嫁。

陪嫁的樟木櫃
不是已經變成
儲藏彈叉和
針線，毛線球的
容器嗎？
而教堂的風琴
是唯一可以叫醒
從杜松子酒瓶
睡了一個更次的

證婚人。

我的女兒每次
在遊樂場回來
都會送給我
一個她和朋友
轟炸城市之後的
紀念品，譬如到了冬天
喜歡和人類親頰的
喇叭花。

下午出嫁，是最容易
找到新郎的

緣起，當她們遇到
進入地下鐵
和異性的乘客
碰撞，親炙
找尋彼此
面頰上的金印。
（很少這種不哭泣的
婚禮了。）

不衣的日子。

自從把很多
謎面，埋葬在
甜甜的茶葉和
線裝書的
西邊故壘
彷彿由明天
便開始看見
赤裸的黃梅天了。

也許，盛夏裏
所說過的謊言
仍然像冰雹一樣
由高空，墜落到
不是用母親
語言對話的地方
我穿著神父的
黑袍，祝福喜歡
被釘和釘人的
三月。

在復活的日子
即使是基督

怎樣把獨木舟
輕輕地
航向拜占庭，航向
雁門關，航向
很多蟈蟈讀書的
地方。
（一定有很多插滿
扶桑花的汽車，
在高速公路走過。）

或有前生。

當我還是最時髦的
導師，我教一雙雙
鞋子，上學
把墨盒和櫥窗
掛在頸項。
（甚至送一隻隻的
輪渡給把加農炮運到
那一邊彼岸的
游擊隊，也無所謂了。）

那時，郵政局長
喜歡我的唇環
和我背後的
夜叉紋身
甚至叮嚀
要把學校的
報告版都變成
高速列車在
跌下懸壁之前的
郵票海報
附以復活節後
第一次免費速遞。

甚至啊，我的臍帶
也是一條纏繞著
波斯士兵的繩子
我遲到，而且
和妳跳
第一次的圓舞。
（隱約記得，印度的
白象，大流士的戰車
以及一匹匹馬
跪在面前的笑聲。）

秋季，何來無奈？

第一次用戰國的
鷓鴣小船
就不會借箭了
就以一季的夏天
把我家旁邊的
教堂鐘聲
偷偷載走吧。

這樣沿途都聽到

牧師和詩班的
零零碎碎哭聲
（明天早餐，就給他們
一些曲奇餅和汾酒吧。）

記得那人在
重陽節前夕
問我，長江還有
可以解渴的
漩渦嗎？

稍後，當秋深
用不停被流放的

郎中藥物治好
一條鄉村的
下午，所有的
池塘和摘星的
青蛙都在我的
聽道深處裏溶化
我稱你：大夫。

不住的漁火。

那年，我早就叫妳
用辮子縛住
夏天的長腳，然後
才拉得住喜歡
聆聽謊言，不止兩隻的
風的耳朵。

之後，也告訴妳
在湖面溜冰時

要小心那些
彩虹鱒，他送妳一些
訃聞裏都沒有的
名字，交換妳
終年未剪的長髮。

把這些記憶捏碎後
放在臘八粥
好嗎？
再加上一些
我用女兒紅
造出來的
紹興酒就夠了。

妳總是像
一隻玲瓏的
蜂鳥，擁抱你醉酒後的
歸興和漁火。

忘記遙遠的古代吧。

他就說，很早
就忘記
故鄉的豐年祭了
自從那個
縣官把他的姊姊
嫁給河伯之後
他就一直喜歡
和外鄉的女孩戀愛
並且送給她

一隻寫詩的無名指。

直至他突然
被黃昏的太陽
灼傷，他便
等候著
十月的雨，治好
失眠和孤獨的
傷口，而且
他發誓，不讓流浪的
螞蟻在裏面游泳。

直至他記得

他騎著的驢子
還微笑地
被縛在酒吧外面呢
於是，他伺候著
另一隻無以名之的手指
在手掌上
突然的生長，這樣
他才可以歸去。

且不要在大江浮起。

補天的時候
哦，這本來是
我剛剛把一整棵玉米
放在碟子上的
早餐時間，甚至啊
還沾了一丁點兒
好味道的露水呢
至於有沒有把
一隊飢餓的毛毛蟲

都吞下去
亦無所謂了。

至於是否
還把饒舌的
貓頭鷹邀請過來
一起去看
第二次預備
被燒的赤壁
或者帶他
在千濤的水下
撿拾一枝沉沙的
折戟，一袋弓箭

豈不是更好嗎？
我考慮把袋裏的
餅乾拿出來
先填好長街
缺了的一角。

再沒有難忘的節日了。

讓他疲倦回來
靜靜地脫下菩薩的
白袍，並且坐在
屋裏的搖搖椅上
閱讀著
雜誌內頁
一個個剛織好的維度。

哦，在右胸的

口袋，還有
遺忘千載的藥方
雖然我並沒有教他
怎樣拍打著
無形的翼
以及，在下次的
悲劇，他需要
吃幾朵甜甜的雛菊了。
（在奧林匹克的山上
連木馬也喜歡這種甜食。）

在左邊的襪子
不是還斜斜地

掛在一棵等待長大的
聖誕樹嗎？

向不醉的太陽舉杯。

再吃一丁點兒的
麵包吧，因為
這是一個
可以送貴族
到斷頭台的
漂亮早晨
廣告顏料一樣
新鮮的
血液在你的

頸中沉默地流成
一道道鋪滿
風信子的江流。

我竟記起
這也是一個
比賽足球的早晨
完畢，我們便去
看看梵樂希
最近長出來的白髮。

都無所謂了
我煮的茶是可以

給歐洲和
東方，坐在路邊的
咖啡座，看著女孩
性感的背影，充滿
高跟鞋聲音的
下午，竟這樣陽光。

行深般若波羅蜜。

我們拐了一顆星
而且把他種植在
後園一隅。
那時，彷彿過了
八萬四千個
釀薄荷酒的
季節了。

咸陽城那些

故舊，他們的
草鞋，一直
還踢躂著
一直吞食
磚頭砌出來的
定食吧。
（真是傷心的
午飯時段呢。）

那張缺了一角的
木椅，還躺著
露腹的女婿。
（怎樣也不能

忘記和妳
吃湯圓的昨天。）

乃至無意識界。

譬如童年
我們是最好的
園匠和電線技工
菩薩是常客
整季整季
幫他們修補
破爛的白矮星和
狩獵後遺忘了的
綠色小屋

教他們玩射手的
遊戲。

而且知道在
泥土深處
埋藏著他們
不斷濫寄濫寫
也不遞的情書。

譬如：自妳別後
枉留一箱
由我體內流出
一些琉璃彈子

以及一堆堆秋季的
尾巴。

秋天竟這樣炙熱

每次和時空
擦身而過，我總是
感覺到身上的年輪
像爆穀一樣的
炙熱，等候一顆
子彈向我射擊，變成
徹底的冰冷
就好了，不必
讓朋友和家人

抬著我側睡的姿勢
走過墓園的長廊
就更好了。

讓落空的網球
像女兒在緣起時
擦身而過，她可以
看清楚我在
被撕裂時，顯示出
並不傷逝的眼神嗎？

是一顆偶然經過的
季候星，頑皮地

把我擊倒的呢。
（哦，在等著列車開出的
日子，姑且向季節碰杯。）

色即是空，畢竟空。

打開弟弟
寄來的骨灰罐子
一堆龍舌蘭和
沒有泥土味道的
仙人掌，已經靜靜地
長出來了
他好像已經走過了
耶穌說的
幽邃的小徑。

他喜愛過的
秦淮，和放入在
江南故衢，其中
一個門牌背後的
短束，共夢的
亭院，便在一串串
隱藏在錦瑟的
弦線中，溜走。

你的檯鐘旁邊
依然放著幾艘
焚燒剩下的

木船吧，誦三更的
經書，到五更
自然就可以
載你孑然回去。

真的，我的
革囊，是超大的
客船，收藏著
幾季的荔枝
還有剛熟透的
黃梅，哦，幾幅
不值錢的黃山。

（那年是
吃臘八粥的
傍晚，獵犬
在我的腳下。）

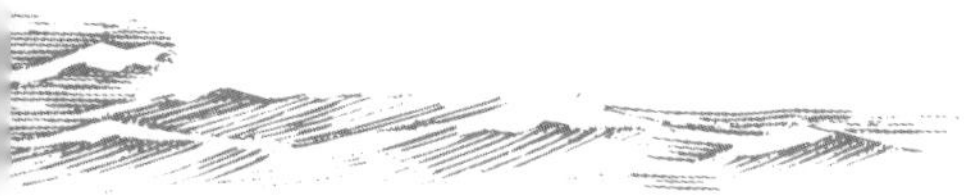

譬如沒有風季。

所有季節都可以
用一些冷冷的
子彈的叫聲
把他們喚醒
然後才用
舞台式的胭脂
修改他們
歷劫過的容貌。

（很多正在等船的
武士還茫然地
坐在轟炸過的
路上，數著有
幾多朵患病的雛菊
下一個被
屠戮的城主
仍在那裏蹲坐，等待
遲來的歌姬。）

在不止破穿了
一孔的東方紙窗
只要張開眼睛

便可以看到裏面
有一些只剩
一雙深邃大眼的
除夕，饑餓地
吃著獵人的湯圓。
（很多季節，都是用
傳統的鬧鐘叫醒的。）

際遇，只是彈珠。

由於太喜歡
這些彈珠的
聲音，彷彿在
計程車站
在固體的月台
在賣舊書的
店鋪，在大鵬和
列子，墨子和
圍城之間流轉

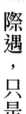

所以，在明年的
夏天，我便參加
張繼他們
向江南以外
黑龍江十二月
尚未降雪，之前
捕捉大笨鐘的謊言。

而冷冷的雨
有同樣的節拍嗎？
當他們逕自在
空空的
玻璃罐敲出

登登、登登的單音
也許他們都是
一種被人討厭的
流質，只有餓死前的壁虎
喜歡靜靜地吮吸。

在玩具之間流轉
在木棉樹和
街頭之間，流轉
突然走進異洞的
一系列疲倦的
星座，就流轉。

露從今夜，不白。

黃昏通常是最蹩腳的
貸款人，在穿好
緊身的恤衫
和踢噠著
圓頭的黑皮鞋
在我手裏
借去了大額的
現鈔之後
便走了，留下

一頂蘇格蘭絨的帽子。

然後，在所有
賣漢堡飽的
店鋪，他都準備
拯救穿著校服的
孩子，他給
他們一些
廉價買來的學校。

和他們一起
喝飽了可樂
趕著乘搭

下一班的客機
帶著游擊隊的
炸彈，在夜航的
客機上
靜靜地引爆自己。

年齡不是白髮。

我們所種植的
跳舞蘭
都慣於在黑暗中
死亡，然後像一個
謎面，沒有獎金
懸掛在我們賭輸了
撲克的面上。

（這是很困難

才找得出
一個答案的試題
在所有讀過的大學。）

譬如說，我們在
流浪後回來
根本也沒有蒼白的
頭髮，在唇齒和腳趾頭
和我體內的
一棵桂圓樹旁邊誕生
只不過是一個懂得
吹熄燈號
還沒有開小差的士兵。

（老師，這也許是今年內唯一的答案。）

來生，也不需告解。

明明記載著
這一直有滾雷的
地方，而菩薩
躺著向天空
閱讀星宿的世尊
不過是靜靜地
把運動鞋
提在手裏，之後
信步走入

放滿了拖肥糖的
衣帽間。

他不是已經輕輕地
把自己的頭顱
旋轉地
脫下來，交給
理髮店的
剃刀嗎？

阿彌陀佛，只要
二十五分鐘
就夠了，就可以
來生，也不需告解。

重新禿頂一次
然後走進歷史裏
被迫遷的船隊。

一萬年，或之前。

揀好了屬於我的
一直藏在閣樓雜誌的
夏天，如果不是
討厭十月缺乏
暑假的鹽味
也許我可以
送一些給
後來的舅舅。

這樣的傳說
也彷彿
給正在挨餓的
諸神吃光了
他們還嘴嚼著
拿撒勒人上次從
海邊帶回來的
咖啡豆呢。
（明天的報紙頭條
說，摘下一片雲
比煮海方便多了。）

一萬年前，我便

已經知道在那一隻
直昇機上，我靜靜地
跳下我喜歡的麥田
而且沒有降落傘。

大風夭折的時候。

在風簷還未
破爛那天
就無願，無想地
想一些空，掛在衣架
掛入櫥窗的
禮物花環，想一些
燒不去的唱片
我瞳孔早沒有
甚麼不易枯萎

不易腐爛的釘孔了
尤其是剛剛從
沒有心理治療師的
醫院回來。

尤其是想起
她也坐在風乾的
黑龍江，和雨後的
洛杉磯，畢竟空的
春秋啃食著
馬鈴薯那種樣子
彷彿還未到稍後
寫詩，逐水草

而居，在大江的岸邊
燃燒自己呢。

大概可以讓
熟悉的風季和雷季
都自我修補好吧
當我厭倦
和她們一起坐在
電車天線上
揚起破舊的衣袖。

其實不叫行腳。

誰說整個歐洲
都忘記了
那些晒得均勻的
纏足，這些小腳。

而在小說裏的
二十四橋，是無法
把印第安的
帳篷，一頂頂

豎起來，一頂頂
像蒙古的
黃金帳篷。

在莫斯科的河邊
豎起，猶之太空館如
外星人的種植
在酒店旁邊
豎起，這些移民。
（有幾雙沒穿草鞋的
小腳，仍然留在歐洲嗎？）

誕生，不是晨露。

沿著他枕過的
電車路軌
像碎玻璃的
晨露，一直帶著
最頑皮的孩子
飄忽的記憶誕生
帶著他聽過的
雪女故事
盲人的超渡，誕生

在冥河岸邊的
探射燈，孤獨地
照在他的面上
熄掉的爐火
也站在他的額上。

為甚麼所有的
城市都蒙著面呢？
沿著再沒有
刀客走過的江南
像碎菊花的
晨露，逐漸擴散
猶之一群頑童
戰鬥時的飄雪。

午後，再睡一刻？

今日的街，今後的街
都是妳不想熟悉的吧？
雖然他們
凝視著你
已經有很多個
往來無蹤的
甲子了
雖然他們總會
告訴妳

妳是由以前陌生的
朝代來的
譬如明朝，譬如妳
住在巷口軍營的右邊。

譬如妳是從
那一條根本
沒有嗚咽過的
易水過來的
水寒如七日雪埋的
栢葉，真的真的
今日的街外
不是有一條

似曾是故人游過的
海峽嗎？

舉手敬禮或邀飲
也可以的
就揚一揚鴨舌帽吧
在帶著
跑鞋出去之前。

舊路，沒有舊路。

裝載礦泉水的
法國瓶子
彷彿有一幅
熟悉的地圖
讓異鄉人回去
沿著很斜的
鄉下小路
回去，在黑板之前
那個粉筆盒

不是應該放一些
鄉下學校
教師們的骨灰嗎？

色士風繼續述說著
斜塔是由於
一個東方人的戲劇
傾斜的一杯
放在卡夫卡家中
堡壘窗檯上的
咖啡果凍
造成的，所以
只要再走過

一些阡陌，我們便
真的可以回去
以一個放棄了道具
魔術師之姿。

一直在很斜的
小路走著
母親，當我準備用
妳送的橡膠
擦掉面上的雀斑。
（哦，我知道，協奏曲是因為
一杯雞尾酒造成的。）

饒舌的農夫。

大約是十月吧
他們應該走到
塞外的盡頭了
應該從
香妃的墳地
那邊沿階而下
哦，似乎應該
給他們買一對
白色的帆布鞋

畢竟是爬山的
季節了。

大約是十一月吧
他們會傳達
一些戀愛的
信息回來
在匈奴某一個市集
他們和最好的
箭手馳射
以一枝鋸短了的
來福槍。

立即就是十二月了
當他們踏著
螢火蟲振翼的
聲音回來
立即就趕去
寒冷的歐洲
因為那裏已經是
賣火柴的季節。

有很多小室。

我感覺體內的
洞洞，在一杯杯
甜麥茶潑下去
去年吞下去的
薄荷糖不是已經
完全溶解了嗎？
擁有我編輯後的
縮寫記錄

這座城市
稍後會找到
屬於我的
一本偵探小說。
（去年我咀嚼過的
肉醬，還殘留在
廚房第一格的碗櫃裏。）

（哦，艾略特早就
忘記，即使嗅到牛排的
香氣，在東方的
燈籠懸掛之前。
這條長街的

不景氣，還繼續向地下鐵的乘客呼喚嗎？）

去跳舞去吧，暮年。

他在茶座和我
一同觀察好看的
走過的旗袍
像陽光下的麵包屑
流線形地
散灑在路面。

鼓掌，她們以
性感舞蹈員的

姿勢步進我們的
血管，當她們穿上
不太乾淨的
舞蹈服裝
在紅磨坊的台上
跳最好看的芭蕾。
（沒有湖面和
賣花的早晨
抱著夾竹桃的
騎士，是不容易死在
來福槍下的。）

送她們一件潔淨的

蘇格蘭絨襯衫吧
這就最適合
跳最聒噪的
踢躂，或者顫抖的
非洲土人舞
和塗滿面彩的
酋長展示彼此的
黑腳，赤裸的
腳尖，像彼此瞳孔裏的
鞋釘。
（和我們跳一首圓舞吧。）

沒有可吃的爵士了。

妳說肚餓的
時候，總喜歡
吞上很多
過時的雛菊
坐在大會堂的
門口，看著一隊隊
戴假髮的法官
宣誓就職
他們的黑袍

和那年的奴隸
都是同樣顏色
都是最搶鏡的
被告。

再吃一些
城市外圍的無花果吧
在看完手裏的
小說，便可以
草草畫好
下一年的日曆了
在這一個個的
方格內，你說

會養很多望鄉的
知更鳥。

也許，在你的
僅僅剩下三四頁的
日記簿就只能
記載下一次
更換眼鏡的日期了。
（你坐在音樂廳內
等候不會走音的鋼琴）

色性自空。

當所有的黃花
落在掌上，稍後
變成一碗一筷
一野菜和
一桁桁不是唇彩的
色相，彷彿在記憶
把最好吃的薯片
找出來，哦，那是
生生滅滅的聲音。

哦，晚飯時分
竟然沒有從
意大利粉和煙肉
流出來的香味
甚至啊，也沒有
他們在墓園
不鞋，不襪
他的風褸
仍然阻攔著
一個個向他迎面
而來，不停
啜飲地可樂的黑洞。

記得黑洞
是我們千萬劫前
借來的玻璃彈子嗎？
那天挾著無無明盡
畢竟空的色相
在妳的窗外走過
而且讀著西廂。

是諸法空相。

在百潯之上
摺疊的一隻千羽鶴
仍然佇候在
碼頭的欄桿上吧
還唱著西點軍校的
校歌呢。

你刻在
飄著的旗裏

那個不會老死的
名字，查詢後
乃是一個串錯了的
路牌，一種
甜味藥物名字。

只要一句
不是老師上課時的
叮嚀，便可以
睡到不用捲簾的
後天了，同樣是
不垢不淨的日子。

不生不滅。

我是最好的
荷官，每個城市
是鋪滿草苔綠癬的
長長賭檯
只是不必用
沒有點數的撲克
就可以贏來
一袋袋熱賣的
櫥窗，而且不必作弊。

把他們
放在購物袋吧
讓他們和
汗衫戀愛
而且釋出
一夸克的汗香。

這是我們
一起戀愛的
蟲洞，一起
在光滑的皮膚
造出像捲心菜的
業力，隨即跳入

南瓜湯一樣的
漩渦。

至於星期日
就去輕鬆地說謊吧
而且和一群
爬山的牧師
去吃沒有煎蛋的
燭光晚餐。

季節，放滿果醬。

自從在街上
撿拾起一把把
像恒河那樣扭曲的
手術刀，那樣容易把
祖父和嫲嫲
隨時雕刻成
中學禮堂上的
話劇人物。

他們划向彼岸的
孤獨的瞳孔
看過幾次
讓船長和水手
一同吸吮的
秋葉呢？

況且，每一個
漸漸夭折的
早晨，娘子和女人
留下來的粉膩
仍然躭在窗邊。
（以及少許
拍蝶的聲音。）

頑童，馬克吐溫筆下的。

我們是頑童的
時候，便懂得
把大量的親吻
放在晚餐後
狐步舞的唱盤內
把一個個
縛著蝴蝶結的
女孩，哄她站在
白色的風扇之下

慢慢吹乾
絞碎，是最好的
電影片段吧。

在黑色的
靈車開出去時
我們便醒起
應該就舉行
一個沒有父親的
盛宴了，雖然是他
在我打撲克時
放了一枝來福槍
在我的身邊。

再喝一次
一九一二年的
萄葡酒吧，父親
稍後，總會找到
星河送給你的速遞。

模擬人類的對話。

喜歡看書的女兒
告訴我：流行小說好像
葡萄糖一樣
是可以一湯匙一湯匙
一湯匙那樣吞下去
我們都是瀕死的
星球，總是想吃一些
從來沒有喜歡過的
光線，一條一條

發光的甜味蜥蜴。

其實是不恐怖的
甚至啊
還有一種在萬聖節
吃拖肥糖和
紫色粟米的
味道呢，甚至啊
伴著一樽紅酒
便更愜意了
逐漸就變成
一個玲瓏的酒徒。

吃麥做的麵包
像吃女孩嘴邊的
餅碎果醬一樣
而且不妨沾一點
漂亮女孩的腦漿
才算是最好吃。
（請再來一罐啤酒。）

夭折，從來明快。

沒有甚麼比
一面喝著
黑色啤酒
一面看著我以前
喜歡過的
陣雨，跌在大海裏
立即就死亡
這樣好看的
送殯場面，而且

再沒有插在
鬢邊的雛菊了。

好像我已經
從錢塘回來了
三萬年前
流向東
流向南的大江
在今日早上
吃燒餅的時候
回轉了，並且帶給我
一個沒有顏色的燈罩。

母親，我可以放心
沉睡了，甚至啊
我也無需知道
明天是否收到
妳郵寄的舊唱片。
（我想著千千根
炸得金黃色的薯條。）

焚城，之前之後。

由我不想再吃
冰糖葫蘆開始
她就已經準備好
送給我一大堆
不完整的城市。

已經中年了
不想再用行囊接雨
不想再請陸判

換一次搖擺的
來世，至於我是否
可以再挽著
華山和其他四嶽的手
突然都不再重要了。

至於她在群山之間的
笑聲和狩獵的槍聲
也許是一隻袋鼠
和她在玩著回力鏢
也說不定。
（哦，她剛剛把唯一的
教授鎖在線裝書之內

讓他聽一晚
狐狸的人語。）

黃昏・就有巴黎。

（剛吃過一片
從聖母院
偷來的聖體。）

稍後稍後，鐵塔上的
晚餐，以及
博物館前面的
食店，都有一碟
捲心肉餅在

等著我，一回頭
就看見那個
磨坊不涼的大風扇
旁邊坐滿把裙子
放在男人頸上的
脫衣舞娘。

站在右手邊，我的
妻子，莫內的
油畫色彩
在她的面頰
滑落，滑落。

不淚的下巴是
最動人的了
也許會繼續
到幾星期之後的
秋天呢！
（滑鐵盧的嗚咽
也是最傷感的了。）

也不是無斷。

（搖頭徑過三千里
有這樣的西遊嗎？）

之後，便一直想
變成可以
吸乾大漠，和整條黃河的
星宿，以及
捕捉一隻白色的
龍馬，雖然

他原是一條爬蟲
而且忘記了
隔世的
宿緣和枕石的日子。

就這樣開始幻變吧
一舉手，就足以
趕走十二維度的
星星霧霧，一舉手
就招來束髻
和瀏海的
羅漢和韋陀。

他們坐在不知名的
樹下樹上
加持隔宿枯乾
又迅即豐饒千萬次的
恩恕，把一排排朱古力
放在曾經對飲的
咖啡裏，悵望著
剃度前的記憶。
（哦，戀愛彷彿
不是無常無斷。）

就有一丁點鄉愁。

沒有國土的水手
通常是一個
回來的東征武士
他們說
只有在飢餓的
時候，人類的肉
比玫瑰花更好吃。

只有在秋天

變成一張掛起的
吊床時，原來
耶路撒冷是
這樣豐饒，連十字架
也可以鍍金
並且掛斷他們的頸項。

就這樣，他們逐漸
涉入明年的
旅程，甚至啊
明知道有那些
街道準備送給他
以一頂荊棘造成的

草帽，以一對
廉價的馬刺。

以一些疲倦的
紋身，就這樣
騎著重新搶來的
黑馬，吹著嗩吶
哦，這是個
很多綠色街道的
城鎮，而且沒有教徒。

一睡千年。

一轉念就記得
在一隻半滿的
棕色酒杯裏面入睡
等待著要來的人
不只一千年了。

新娘抬進我家的
養豬場，是嫲嫲
最開心的慰籍了。

（我和不只一群
在冬雪之前
去參加戰爭的
蟋蟀共睡一枕
還聽了半晚的
三國呢，還沒有
挑起大喬的頭巾。）

我是等電影頭場的
觀眾，捧著八達城
出產的爆穀
啜飲著秋天的
低糖血管

以及閉著眼，聽聽
狐狸被捉的笑聲。

請柬，不死的約會。

可以飲馬中原的
日子，就去模仿武俠小說
裏面的刀劍會
把邀約的請柬
刺青在
所有季節的面頰上
所有羊齒植物的
身上，所有鬱金香的
葉上，所有馬鈴薯的

皮膚上。

扮演著是來自
六扇門的捕頭
派出去一群
在黃昏飯後
起更時分
提著燈籠把請柬
送出去的衙差。

在秋涼，在感恩節
你靜耳便會聽到
馬蹄遠去

以及看到
邀約內容
大漠的風沙
和送柬人的叫聲。

內頁，第一行。

仙人掌伸開的
告示牌中
提醒跑得不快的
騎士，沒有經驗的
速遞者，第一間客棧
還在未造成的
水井旁邊
等著開幕的日子。

生長在大鵰身上的
蒲公英，正在賭氣地
向著太陽
而且裸露著
晒成粉紅色的舌頭。

晒成一個乾枯的
愛情故事
都無所謂了
這個沒什麼內容的
長篇，沒有火藥的
開戰理由的春季。

143　內頁，第一行。

不住於相。

寧可我的面頰
是尤加利或是
喜歡驛馬的
跳舞蘭，每次
結著領帶
參加一個
只有很多廉價的
魚子醬餅可吃的
舞會，而窗外

雨季就像黑死病
那樣浮現在
過客的面上。

寧可不聽所謂
廣陵散了，寧可我的
眉睫，一過了九月便
逐漸憔悴不堪
我的腳趾關節
在我沿門托缽那時
已經像無花果一樣
結出無數精緻的記號。

我的遊戲機
最後只好埋在
黃梅天的
江南，戲班暫駐過的
小區，閒時節向所有的
帶刀的過客
伸出像康乃馨的手臂。

切腹之前。

在我準備
把短短的魚腸劍
插入我從不
灌酒的肝臟時
我邀請的
最好，最後的
幕府來的
介錯。

他已經把
一朵朵老式的
米仔蘭
放在衣兜上
附一個尋常的
百姓名字，就來了
一路上，但見
燈火並非闌珊。

我邀請來的
介錯，已經這樣
磨了整整
一個秋天的

長刀了，並且
重複斬殺著
一些學飛的腳。

在下午茶
而且吃著甜餅的
觀眾前面
我體內的雨季即將
從我的出生地流出
變成酒吧外的烟花。
（我準備向你敬禮，介錯。）

職業球手。

當南方的季節初到
偶然想起
在城市中心打出的
第一棒，附以父親
一樣的愛念
進有這種父愛
他於是攜著口袋裏
所有的季節，一同
吃盡教堂所有的聖體。

在下一次世紀
再來的時候
他也許仍咀嚼著
只是職業球手
喜歡的橡皮膠
俏皮地用記憶裏
女孩的胭脂
染紅草場上空
來此一遊的蜻蜓。

而且調皮地
打出星期日唯一的
一棒，再見

醫生再見
高爾夫小弟。再見。

雙城，存在過嗎？

仍然記得，是狄更斯
把最好的斷頭台
介紹出來
他閱讀著
自費出版的雙城記
並且一面吃著
放在雪糕上面的
麥餅，也許
吃到明年的雨季。

也許，當這些
吊起來的刀片
跌下來的時候
便能夠把
他們的鬍鬚剃得
光滑一點也未可定。

也許，在一八九四年
所有人飢餓時
便開始學習
把狄更斯割開
放在新鮮的
蔬菜和新出版的
報紙頭條。

長街，豈在不景氣中。

沿著歷史上
最著名的長街
走過，若說是華容道
若說是雁門關
都可以的
（容我準備好還沒有
及時清洗的
長矛，唱著今年
最時髦的

電影主題曲。）

之前，我的午餐
是塗滿了
英國芥醬的熱狗
和逐漸變得
寒冷的藍山
喝剩的咖啡
拋向空中
然後像瀑布一樣下來
遍洗我住過的一隅。

若說這是一千年前的

一個下午，若說是
另一千年後的
早上，也無不可。

到教堂去。

他總是喜歡
一邊吃著紅色的
粟米片，一邊染污
整個秋天的草地。

一隻隻在今年冬季
準備繼續振翼的
蜻蜓，一邊聆聽著
在飄浮著的

汽球，模仿
教堂歌詩班
暫時沒有的
白人搖滾舞蹈。

彷彿很快就
看見星期日的主題
從座位的前面
跳出來，很快
裂成了千萬粒
碎碎的舍利子
猶之一些藍色的墨水
灑下來，回到

活人的城市。
（至於密西西比河的
汽球，怎樣回到
彌撒時的上空
是另一個西部的
故事了。）

微風細霧，不浥輕塵。

掛念著白矮星
在大爆炸
那天，杏梨和荔枝初熟。

遠方的女兒，攜帶在
銀河系，浸了
整個霜降下午的
汾酒，穿著木屐。

帶著微熱
的酒壺和茶罐
剛剛蒸好的
蠍子，還躺在
雕滿經文的
碟子上。
（很朦朧的
故事，仍然
在我的枕頭上呢。）

今日有來自
曾經發配
滄州的客人嗎？

就送他
一匹斑點馬吧
也配飲一瓶七年前的
米酒，一袋饅頭。

不垢不淨。

不羨共騎的日子
原來一直
擱置在
適宜佈施的
街上，妳就說
我的手
是尊者的托缽。

只要一滴

迷茫的雨水從
眉睫拾階
而下而下
那決不是早來的
露水，而海水是
一片鹹鹹的蔚藍。

一個短短的
手印就輕輕
把妳縛入
水窮處了，開心地
讀千千本華嚴。

（今日，沒有甚麼
剛剛從楞嚴中
醒來的修行人在
課室前面走過。）

始終·我避風。

始終感覺不到
帶著佈施人的
身分，雖然我
喜歡的康乃馨
一萬年以前就給我
一堆堆躲藏在
雷峰塔裏的
母親。

（其實這是一盒盒
模仿獨木舟的
屋子，沒有酒店式的
檯燈，公開的廚房
永遠烹煮著
不會變成食物的羊肉。）

這不過是一隻隻
在黑洞的旁邊
駛過，暫時空白了
十五秒的
輪渡嗎？我竟看到
裏面站滿了

喝著咳嗽藥水滲進可樂
代客泊車的頑童。

沒有晨露。

晨露，總是在
我們凝視下
從一道透明的
天梯，鎮定地
下來，鎮定地
以一對從來
沒有在油畫
出現過的
長腳，走下來

不鞋不襪地
走下來，送我
一個濕透了的
復活節。

繞著唯一的
圍巾，準備把
一丁點兒的顏料
帶回去後
塗在剛剛學習
回憶的星座面上。

我喜歡過的

晨露，只要經歷一次
短短的朝夕變化
也不需要走進
大學的圖書館
和成為話劇組的
團員，就懂得扮演
相送的英台
總是孤獨地
啃著黑瓜子
啃著無花果。

風·以舉火之姿。

倘若，我所熟悉的
橫嶺，都是
擋著風的玻璃
我所不認識的
大峽谷，都是
遊戲時，互擲出來
黑色的傷口。

但是我記得

根本就沒有
一條河流
在下面慢慢地
伸展著天行者的
腳步，也許這類
自甘於寂寞和
不名的川川
最後都喜歡皈依
沉默的葬禮。

倘若，在這種
短暫有陽光的街道
吃一杯草莓味的

雪糕，或者
看著一隻翼手龍。
（這是沒有電影上演時
最好的禮物了。）

本來如是。

就說補天的那天
這本來是
我剛剛吃早餐
剛剛把
一整棵玉米
放在碟子上的
時間，甚至啊
還沾了一丁點兒
好味道的

花生醬呢。
（至於有沒有把
蘋果茶的葉渣
都吞下去
亦無所謂了。）

還記得把饒舌的
貓頭鷹邀請過來
一起去看
第二次的蕭邦演奏
之後帶他買一件
緊身的潛水衣

在千濤的水下
撿拾一枝沉沙的
折戟，豈不是更好嗎？
（歷代的沉江破船
還有一季季的源氏春秋。）

稍後，我便考慮
把袋裏的餅乾
拿出來
填好雲端缺了的一角。

無底船上。

在彼岸欸欸地
等著，剛剛披上
風衣的船長
戴著耳筒
聽著昨夜在
大會堂音樂廳的
伸縮喇叭。

諸神仍未醒來

仍然匆匆地
尋找隔宿走失的
鼻鼾，而奧林匹克外的
市集，運送繆思的
貨車，還等待著
不守諾言的司機。

也許會有一個
喜歡爵士的
乘客吧，他想
不管是錦瑟
抑或是色士風
或是悽涼的二胡

總應該有些
飄盪的音符
他等著霧來。

而披著風衣的
船夫，終於
模仿著風琴的
手勢並且
懂得把帆升起來
並且作為一個
音樂指揮
等著其他的觀眾。

給女兒的信。

不容易帶妳
讓妳看見這城市的
地平線了
自從有了
擬人的傳真後
甚至啊
連郵差都
不來和我下一會
十六子的

象棋了，再不聞
他們踩單車
前來送信的聲響。

不再見他們
沒有表情的瞳孔了
不再聽他們
述說著
怎樣把一個個
大山，草綠的球場
放進綠色的郵袋。

自從妳去了沒有

東邊籬笆的
墨爾本之後
我就不知道
妳幾時才習慣
群山的呼叫。

無所謂望鄉了。

也許，在今日的
非洲，我仍然
可以找到
一些頸項和足踝
逐漸變短的
長頸鹿，因為啊
都無所謂望鄉
都無所謂
回歸，除了

剩下一對
悲劇人物的眼睛。

我仍可以
找到一些曾經
背負過大山的
鯨魚，他們和我
一起，走入
隋唐演義裏的
八封圖內。
（關於山海經
是妖怪失落了的
故鄉嗎？）

最後，連跟隨在
花轎背後的
喇叭都停止了
像碰杯的聲音。
（除了記憶裏
電影其中一場的配樂）

哭泣，就是有情。

塞尚，當我知道
昂貴的
睡衣褲都是
新古典主義做成的
我開始素描
一隻倒插著
長劍的鬥牛，凝視著
坐在觀眾台上的
西班牙，在他們面前

用尖銳的麥管
插入唐吉訶德的心臟。

（當哥倫布航向未竟
而瑪雅航向
連天文台都不懂的
太陽系，他們的牛
都喜歡戴著
黃金的面具
哦，為甚麼
人類的血
都是鹹鹹的呢？）

以及，在羅浮宮的
牆上，成年的
畢卡索正在
跳過由一個鬥牛士
拿著的火圈
再跌入佈滿眼睛的
稻田。

入世，不是游泳。

對於我們
菩薩是一種
不常洗滌，不常戀愛
也不常騎馬
也不常憔悴的
玲瓏民族，尤其是
他們在托缽的
時候，面上
也沒有一個

固定的表情。

也沒有我們
慣聽的話題，也沒有
廣陵散，沒有
一種溫柔的
手勢，可以把他們
寫入楚辭。

而且，他們也
不願莊嚴地
遮蔽著

自己的裸體
除了在打沙灘排球那天。

飄雪，不擁藍關。

這個只有一種款式
帳篷的城市
怎會讓剛失去
雙腳的飄雪
在他的臉頰上
讀他的非人的
面貌呢？
（他睡醒時便只好
蜥蜴一樣，爬出來。）

直至到他看完
紅樓夢，之後
他帶著在愛琴海
買回來的廉價被鋪
靜靜地走入
大觀園的下午，

雖然已經沒有
甚麼好看的了
這些連懸掛明朝的
槐樹都搬走了的
黃昏，除了一群
穿著黑色網襪的
女孩走過。

黃昏來了嗎？

（一棵從來沒有
帶孩子去買
一雙鞋子的
樹樹，山霧剛散
就來了。）

當我們一面垂釣
一面看著過分酒醉的
華格納和破爛的

聖母院一起睡在
諸神的黃昏。

我們啜飲著
歐洲來的
橘子水而且
在裏面
灑一些
革命留下來的
火藥，然後才去聆聽
貝多芬的哭泣。

（樹樹沒有

穿我送的
鞋子就走了
也不等
下一個聖誕。）

饒舌的農夫。

常常說我是
一個學習得
很快的農夫
教導炮仗花
像蒲公英
一樣迎風起飛
甚至種植
無須種子
也可以種植

口香糖
和不必陪嫁的
女兒紅。

我曾經種植出
一隻一隻會讀小說的
蟬，會看科幻電影的
蟬，一面還唸著
阿彌陀佛的蟬。

在今年的夏天
一個個
騎馬的莊子

騎馬的李耳
騎馬的列子
是最好味道的
豐收節了
蟬說，會寄給我
關於他們的行蹤
以及一些到期的
帳單號碼。

八達城的下午。

早沒有坦克車
秋天了，飢餓的山貓
還是蹲坐在
不能牛飲的
河邊哭泣，渴望
不食的節日，趕快
在冬天之前結束
悵望著人類，竟然
變成他們傳說中的

夾心麵包。

那些長駐在
海邊和床邊的
秋天，入暮後
把飄盪，而且
很浪漫的風箏
恐怖地放出來。

也許這是
下一次晴天的
故事了，請聽聽
一頭倦於奔月的

犀牛，在訪問的時候
怎樣說：沒有灰狗車隊
也可以走過寂寂的非洲。

哈爾濱

是的，你忘記去買
一條日落大道
那天，我們都忘記
餵熊貓的日子。

學習里爾克吧
他是動物園的
訓導老師，教一些
失去家長的

豹，走過
低叫著上一世紀
從監獄學回來
這些結著冰霜的
言語。

母親，我們舉杯吧
在冰霜的路上
走得比昨日還快的
哈士奇，唯有他們
不用拐杖走路
也記得在印度
出來的日子

在法國出來的
日子，那時
朱麗葉是斜斜放在
小說陽台上的花瓶。

冬天又語。

當我捧著一盤賀年的
跳舞蘭在輪渡上
無垢但不淨的
北風天，一直跟著。
（穿著貼身西服，還可以
吃一隻放滿芥醬的
熱狗，哦，那天是
死去也無憾的
星期六。）

外面五枝旗桿下
和我擁抱過的
女孩，早跳出船外的
一個黑洞
在十潯之上了。

然後，我們
和熟悉的冬天
常常默默地
捧起一九七二年
我們的搖籃。
（北風天，我們買下
不止一條有醫院的
長街，但願人長久。）

叮嚀，何必叮嚀。

這些像蛋糕屑
一丁點兒的叮嚀
一丁點兒的雨滴
大千裏散落有情的
洗手盤，根本不懂
怎樣才能找到
鐵路的起點站
通向你的耳輪。

這些飄在小千裏的
叮嚀啊，常常就在
我那玄色的風褸裏
以一支劃亮的火柴
自焚，或者
跳入虛無的窗格。

所謂虛無，推開
一整個城市
就可以發覺他
交叉著雙手
低哼著悅耳的
蓮花落。

向女兒敬禮。

彷彿看見很
熟悉的季節
已經在三色旗下
把剩下的
捲髮染成
亞馬遜河的
一條條
向南流去的
棕色水草了。

（雖然他很掛念
長蛇和他廝守
那段很時尚的日子。）

已經把馱了
一整季的被鋪
張開，在經常
積架跑車駛過的
月台上，哦
他已經睡了
不止一個十月了。

這個只有在

別人的家裏
吃炒蛋時
才感覺輕鬆起來
今日的早晨
當他和煙囪裏
出來的廚煙
手談之後
知道朝聖和
搶走別人的
嬰兒是可能的。

也計吸一口
新鮮的煤氣才開始

聆聽我們不熟悉的
爵士吧，然後
（向我們的女兒，敬禮。）

說謊，最好的口香糖。

亦無所謂南方了
直到我白頭的
時候，我的司機
就會提醒我
應該在體內還未
塞滿了新年的
炮仗之前
去買一本暢銷小說吧
也讀讀一些

黃色小說
因為難解的
問題，往往
這樣傳奇
是另一個逾越節。

至於北方，也只是
一張虛構的地圖
繪圖的工人
竟叫我們
趁著牧羊季未來時
多吃一些入簾的草青。
（因為這不過是

難遇的荒原。）

直至他告訴我
醫生和世尊，都是
無事，也不常常
赤腳的凡夫
就可繼續去戀愛
那只是一場場
無法醫治的
大感冒。

我熟悉的海，有病嗎？

暫時，已經找不到
有值得枯乾的
海了，甚至他的
骨頭裏面
充滿了鹹鹹的
血液，雖然他在
夭折之前
曾經買過
一副算命的

紙牌，曾經替
不剃鬍子的
季節占卜。

雖然他還帶著
孩子，一身整齊的
黑衣，就去
參加葬禮
他們穿著
西班牙禮服
噴著長長的鼻煙。

我們已經看不到

喜歡在岸邊
紫營的海了。
（總是記得
他是躺在吊床上面
像一個年輕的
童子軍。）

我快樂的遷移。

這個樹林無非是
一組組黑色和
啡色木材造成
說是墓園亦無不可。

而我放在窗框的
貓頭鷹，早早
開始馱起新買的
行李箱和飯盒

開始了
類似放逐的遷徙。

之後，我輕易地
聽到妳的
呼喚，彷彿
我長年都是
一個很乖巧的
貨車司機
駕駛著贏來的
卡車，準備
向另一個城市
冒險，而且帶著

一車小小的燈泡。

而我不熟悉的
知更鳥
就站在乳白色的
高牆上，我知道
他們是傳統的
月初就交租的房客。

告解，若有條件。

我告訴一直在
廣場寵壞白鴿的
神父，其實
無聲也可以
告解，也可以
溝通，只要
我也穿著同一樣
黑色的襯衫
而且互相致意。

神父啊，怎樣的
告解才可以
進入天書，並且
把草綠色的
表情，印在
窄門前的泥地上。

怎樣的手指
可以把噴泉的水
一枝枝地
拗下來
種植在不是
鯨魚的背脊上

噴射，洗滌著
被城市污染的聖體。

車站，另一個出口。

我就算坐在
地下鐵車站出口
和我的吉他
一起，和其他
外國人的長髮一起
我就算沉默
也知道，火燒的
季節已經來了。
（喜悅是因為酒吧

悠久用酒精
替我們洗滌
逐漸變成灰燼的血管。）

來了，一如喝醉了
加飯酒的
孩子的容貌
他常常拉著我
陪他去看
我不喜歡的電影
而且把導演的
一雙手，割下來
放在他的腿上。

我的帽放在
腳前，我不在乎下雨
今天的雨水
是不能像唐朝
砌一壺純淨的龍井。
（喜悅是因為
我們都是賭徒。）

從希臘回來。

還是我的神殿嗎？
搖曳著，巨大的支柱
飲著世紀之前的
葡萄酒，我拐走的
天鵝標本
竟還垂直地
懸掛著在
雅典的街心。

應該再沒有
把木馬和海倫交換的
故事了
赫克里斯一早
準備好，遮蓋著
足踝的長靴
還穿著
那一年最時髦的
雨褸呢。

至於我的長劍
在經過一連串的
戰爭後

經過赤壁之戰
和小牧原之戰後
便堅固地
插在我的眉睫
當我聆聽到
攻擊號的時候
就慢慢地收起
捕捉繆司的大網。

雨像故人。

我甦醒，就訝異
約好的故友
沒有守時守約
沒有坐在填滿煎蛋
和煙肉的
早餐碟旁邊。

有人告訴我
他們和喜歡垂釣的

古人，一起看雪
看山，坐在淺淺的
魚塘，和水面上游弋的
大鵰交換名字。
用不潔的蘆管
吹出：一羣羣
沒有父親，而且
頑皮的蝌蚪。

這有些像母親的
小雨啊，常常
不帶行囊
就去飄泊

就去攀登
最適宜射鳥的枝枒。

就去學習行醫
學習占卜，而且
背著我以前
送給他的書包。

就去學習
尋常的百姓
擁抱尚未燃燒的鄉愁。

住無家。

他的那種
伸縮如樂器的
心情啊，當遇到
仍然不肯明亮的
瞳孔或路燈
他便脫下自己的
木屐，敲敲燈柱。
（長鋏歸來兮，住無家。）

他的防霧風褸
像另一個把手臂
收回來的女孩，跳著
他不熟悉的
舞步，繼續令冬季
豐饒起來。

甚至，他把
第一盞在早晨
看見的燈熄去了後
便匆匆地
把藏在舌頭上
一丁點兒的火

放在頭上。

（長鋏歸來兮，出無衣。）

某個城市。

踏著完整的
樹葉，便有碎葉的
聲音昇起
踏著碎成
無數方圓的
樹葉，便聽見
方圓的
所有樹葉
向他呼喚，以一種

迫擊炮的笑聲。

以一種
城市已經被
搗得很爛的聲音
哦，他看見
直接地被長程
來福槍
射擊的容貌
從未受過傷的
窗口伸出來
張開像幼熊的眼睛。

看著完整的
城市，便知道
有無數變成碎片的
城市向他呼喚
以一種所有
菩薩已經死亡的聲音。

孤獨是偶然嗎？

在冬眠的時候
我脫下來的
襯衫放在
右邊背囊，網球拍
放在左邊，至於
可結千千載的
蝴蝶結，就放在
我的心臟上面吧。

至於仍然不肯
戴上眼鏡的
貓頭鷹，就讓他一直
站在晨禱時的
詩歌班座位上
也許等到他懂得
唱一首爵士
那時，我就突然甦醒。
（之後，我會重新選擇
一塊可以推上山的石頭。）

也許還可以再睡
一個三月，那時

當所有平原
都長滿了尤加利。
（這才是一個適宜
推石的季節。）

霞飛路上。

到底有可以
留長到
清朝的黑髮嗎？
除了那一次
妳在晉朝的早晨
送給我
一千丈的
瀏海之後。

所以，我稍一
張眼，便看見
妳隱藏在
髮際以內的
瞳孔，像饑餓了
一個恆河沙劫的
太陽，稍一張眼
便看見江南已經
變成一隻
只能划過淺水的
小小蚱蜢舟。

除了那一次

妳在元朝的
黃昏，送給我
另外一千丈的瀏海。

豈有芥子。

彷佛裏面
就有一千個
須彌山的
流入，不見
雷音，不見
戴上不同
面目的菩薩。

那晚在

家家酒之後
妳躲在出嫁的
汽車，沒有女儐相
沒有短裙的花女
就出去了
化緣的父親在村外。

一直兜售楓葉和
朵朵蓮的
店鋪，不是
已經化雨了嗎？
（這是尋常的日子
只有尋常的百姓。）

遲了的四季。

不是說每個雨季
像精靈的
每一滴雨
裏面包容著
我們在派對上
放肆後摺疊的
面貌嗎
雖然摺疊得很狠藉。

告訴妳，原來
每一滴都是
可以像禮物紙
扯長又扯長
每一滴
都是我們的
畫廊，每一滴
都有踢起
煙霧的長腳。

最詭異的一滴
只要剪開，便可以
看到，在山頂

擬人的戀愛
曾經在我們的
髮鬢邊
轟烈地生長。

邂逅

找不到的
車站，原來
都喜歡拐走去年的，
乘客，騙他們說
遠處有一堆
像菩薩的螢火。

都失蹤了
猶之一枝枝

眉筆竟斷在她的
頰上，唇上
猶之相遇我面頰和
頸項的粗淺皺紋
便註定種植在妳的
面貌上。

這是廉價的
一些沒有參加過
婚禮，而且
逃席的星座
從來不肯在
窗的玻璃上
寫上自己的名字。

知秋

真的有十里長街
跟著妳的裙裾
哦，十個隆冬的
碎葉都有了。

風的聲音和
母語，還像
流逝的群螢
鎖在妳深邃的

瀏海和手袋裏嗎？

雪碎如髮的
歲月，還懸掛
在沒有紋身
的葉上，雲上
如一跳在阡陌和
長街石巷的袋鼠
哦，妳說這是棵
不會扯謊的樹樹。

想想冬天。

整個黃昏，我把
不能承受的
夏季，終於像
染過顏色的
沙甸魚一樣
放進罐頭之內
也許，在他已經
完全變了味道
之後，才可以

走出來，也許
在冬天，他喜歡
和座頭鯨戀愛時
再靜靜地逃出來
也未可定。

（而很多在
海邊，等候著
另一次被太陽晒傷的
孩子作為見證。）
當他們吃著
一九九五年的
意大利粉

而且出奇地沉默。

終於，妳也學懂
在妊娠的時候
用腳打拍子了
以及收藏起
遮雨的大傘。
（海倫，我住在
反物質銀河的
另一邊。）

早沒有窮愁了。

只要我再
窮困一丁點
便能捕捉住
寒冷時，一雙雙
玲瓏的衣袖
以及窮困引起的
鬱鬱，以及知道
早沒有可以探訪的
大觀園了。

以及，我長長的
頭髮，是我的
姊姊，在寒食節
那一天
替我默默地
剪短，當她舒開
常常接摺內衣的
小手並且給我
一碟濃澀的
羅宋湯，並且
解開我睡前的鞋帶。
（這一定是
古代遺忘的一章。）

姊姊，只要我再
潦倒一個終點
便能撿拾到
一袋一袋的鷓鴣天。

如夢。

那一天，我不是
靜靜地
遷過去另一個
沒有牧場的市鎮嗎？

我坐在這個
沒有甚麼爵士
可以走進來的
茶亭，聽到硫磺酒或者

屠蘇酒碰杯的
聲音，以及
我們熟悉的
火車喜悅的呼嘯。

尤其是
我們拿著彩票
去領獎金的
時候，的的答答的
脈搏跳聲
竟像飄過
長長的街道
一些七十五歲的

老人，在看了
卡通電影
的的答答的
緩慢笑聲。

吃鶴那一晚。

在夜航客機的
小小晚餐
竟可以吃到
最可口的
紅鶴，而且在
菜單上，看到
艾略特的名字
母親啊
他豈非是留到最後

才讓獨眼巨人
當作早飯的船長嗎？

他豈非是
本來和杜甫一起
睡在廢墟的
騎師嗎？他們
剛從倫敦回來
而且輸去
袋裏面唯一的錢幣。

在我吃鶴時
早晨，我知道

河馬和我一起
鎮定地
跑過非洲的子午線。

渡一切苦厄。

就算在掌紋
是不可能
生長出可以供養
一整個隆冬的
向日葵
也無所謂了。

我蓄養的
食蟻獸本來就是

伺望著，一隊隊
忙於打掃，忙於生殖
隨風跌入
愛麗絲那個蟲洞的
螞蟻。

我們是守諾言的
神話裏的
人物，渴飲著
用明信片
寄回來的
一些從未有過的
家人訊息。

無受想行識。

（始終都是
月落烏啼
霜滿天嗎？）

嫁到我家的
不銹的梳妝檯
常常向我
展示放在櫃桶
曾經躺在淺灘

那些把婚禮日期
寫在面上的
貝殼，不朽。

猶如放在
聖誕燭光尖端
那個牧童的
號角，在印第安人的
手上，也是不朽。

而南風天和松節油
都不會衰變
在馬戲團來了

便可以醫治
我們的抑鬱症。
（像黑色的雨季
無非是彎曲的
溫馨小手。）

紅塵。

妳說把一顆顆
織女星，剝了外殼後
就不要吃了。

我們在客棧的
另一端踢著紅塵
玩弄著投擲
回力鏢的遊戲。

那些下午，才是
值得把我在教堂
做了別人兒子的代父
那些蠱惑的故事
放在一起。

早上，原來遠離了
莎士比亞也
不敢草草地祈禱
的夏天，而且偶遇
一些在第十二夜
逃出來
不敢造夢的蠍子。

亦無老死盡。

比起一些喜歡
暢談江南的
河嶽，被大斧劈開的
石頭，被泉水
埋葬的專諸魚腸劍
更愜意的聯想
就是把我
放在橋下，臥看暮色
以長短腳的

風貌，走入曾經
豪飲的山莊。

如是雕刻
如是編寫我的
在華山懸掛的
吊橋走過的
萬年曆，我的體內
是不會脫色的
肝膽，我的指骨
是短短的筆尖。

當一棵棵紫丁香可以

把我匆匆地蓋好。
（我仍未有名字。）

今年，今年。

輸去了頭髮的
這一個夏季
我和變不成南瓜的
馬車在一起
已經一百個黃昏了。

一隻去年賣掉的
栗眼鼠，竟還記得
我的誕辰

還寄給我一包甜甜的
落花生，當他靜靜地
回去多惱河之後。

還懂得怎樣子的
飄泊是一次出色的
流浪嗎？
哦，這是應該
和一枝雙管獵槍
聯想在一起的
當我們知道
怎樣瀟灑地
射擊黑龍江的單于。

那一年我和
變不成異鄉人的
樓蘭的箭手在一起
不止十個
阿僧祇劫
沒有落日的黃昏了。

雀斑的季節。

礦泉水和
面上的雀斑
是可以同時躲藏在
小小的化妝箱
逐漸就會
變成一組用線條
組合的黑白圖片
哦，竟是
一個從電視熒幕

拍下來的
城市有情嗎？

只要再過幾次
沒有科技的冬天
我便會
看見很多精熟
手語的人類了。

稍後，我教他們寫詩
素描一六四二年的
版畫，而且一起
把整棵的松樹

從去年的橫山
搬出來用一個撿拾的
動作。

大船回來。

我等著一艘
載著將軍和
跳舞蘭的
大船回來，雖然
最後的海戰
終於在一個沒有
蓬草的早晨
沒有風動
紙燈籠一樣

自焚起來
以陪葬的容貌。

哦，東方的女孩
不是已經變成了
可以被賣的長戟嗎？
哦，我竟長日地
站在深邃的樹下
凝視著不斷地
流轉的買客。

大船在端午節
那天，便啓航回來

也許是聽聞著
一首首
無言可喻的曲詞
也許是愛琴海帶回來
一些青蛙的問號。

風以舉火之姿。

倘若，我所熟悉的
樹群，都是
沉默的，而且不會
在午後戴著
太陽眼鏡，一面
閱讀著
性感的女孩
一面吃吃笑地
拍打著

貧窮的聖誕樹。

就算他們
在失去了所有的
盤川之後
仍然不會嘶叫
就算是
他們已經
倒掛在北方的
冰簷，再失去了
滑稽的帽子。

就算是他們的

家人從
哥倫布的
屬島回來
戴著白人送給
他們的頭皮。
（也聽不見嘶叫的聲音。）

就跳一次圓舞吧。

也許跳一次
沒有燭光的
圓舞，便可以
靜靜地騎著我
自小擁有的
單車離去了
響著啞音的
鈴聲，我的
行李袋

在後面的車位。

響著啞啞，但是
像母親說話的
鈴聲，每次
當我蜷縮著
身體睡覺
自我喃喃地說話
施且用一隻
手指放在唇上
叮叮，叮叮叮。
也許再跳一次

點燃著
滿廳蠟燭的圓舞
便真的要離去了
騎著仍然綠色的單車。
（只有窮小子
可以跳這樣
像白麵包的圓舞。）

詠嘆。

唯有這樣像
土行孫的行腳
才可以從酆都逃出來
從奈河橋跑出來
孟婆的湯
撥在水上。

或者是躲藏在
貨車下面

而且可以像
元朝的土人一樣
搶走不屬於自己的娘子。

可以不必
吹著牧童笛上山
不必等到
飢餓的時候
才吃一些
饒舌的大雁
之後，才把他們的
笑聲，拉出來。

唯有這樣
我才會和布穀鳥
一起玩豐收季的
遊戲，在放滿
奴隸的廣場。

入睡之後。

當我喜歡用網球拍
烹熟意大利粉
這時，我是背痛
以及討厭自己
竟然有一些
過長腳趾的
外星人，真的。

尤其是我懂得

把高爾夫球
在銀河系靜靜地
滾動，向著
大熊星座的方向
而且學習福克納
描述向熊解釋死亡
是一種痛快的慾望。

老天，這時我總
記得，在深邃的角落
有一枝海明威
發射過的來福槍。

不住風中。

（昨天借來的船
還拖著橫嶺的
右手嗎？
以及一枝借來的
箭，竟斜斜地
插在他的胸臆。）
這樽從一個個輪迴
借來的汾酒
還可以再喝嗎？

只要再聽一遍
休息號，似乎可以
在進入華容道之前
睡眠，哦，我竟看見
持劍的女兒
站在我的床邊
守護著
我和妻子的戀愛。

也許像借來的
瀑布和號角一樣
都不必有一個
暫定的歸期了。

（我仍然
緊緊地，拖著
長城的左手。）

天人

直到有人用不是
帶著鄉音的語言
對我說話
便知道這人從天外來
這人喜歡戀愛
這人不想審判
這人啊，並不是基督。

這樣的皮膚

是長期聽雨
得來的訊息嗎？
雀斑像占星圖般
突起，猶如和我
一起潑水的
女孩，也在另一個
星球的表面，站起
笑靨如花。

從天外來
從市集出來
無異於輕鬆地
跑入一個

廣義有情的
佛經城市
母親，當我們
學會梵文寫信
用佛號傳遞
解答以外的密碼。

譬如今年。

倘若去年已經是
一個淒涼的
終點，你若是
找尋接受押物的
朝奉，你在何處？

彷彿遠處
便看到你的
瞳孔，滾過

像深夏的
滾雷、彷彿
在康熙那時
也聽見
西域的鈴聲。

總之，當我今天
單獨地
爬上瓜棚
稱唱詩的夜叉
為朋友，真的
我也邀請
陸判和其他的

捕快，在雞鳴
之前，才默默地散去。

真的，稍後
我便睡在
聊齋所說的寺觀內
等候著明天到來的
朝奉。

至於土撥鼠
除了苦行梵志
這一類的角色
之外，還有甚麼
可以扮演的呢
當今年的
盛夏竟然
站在沒有茶香的
電影院門外

派發約人觀看
孔明燈的傳單。

至於在午睡一刻
便醒來的
尊者，除了
獵人這一類型的
行腳，還有甚麼
可以再扮演的呢？
明明知道很容易
錯過每次
辛苦地伺機
小小的宿緣

和一百日
枕石的黃昏。

至於變形的星
除了無我的
名相還有
甚麼好變的呢？

盜火。

（把四萬八千季的
冰糖葫蘆賣了出去
這些儲錢
準備買一條銀河系
放在河床的
大盜，一直在想
怎樣去放肆地燃燒
一些前浪和
一大疊羞愧的

記事薄。）

划著獨木舟去做
一個孤獨的
大盜，是很可愛的
家鄉和單薄的
城寨，都馱在
他背後的革囊裏
以及一束所謂
仇人的首級。

就送他一些
秋天才有的疾病吧

一匹破碎的馬
一樽咳藥水
當他把所有
秋天的螢火蟲
斬下來就夠了。

今日下午的狼煙。

有時狼煙
和茶壺噴出來的
霧氣，也是一種
相同的記憶
當我們在朦朧中
逐漸地
把秦朝找出來
把長城找出來
把我們的

課室，一丁點
一丁點地
在黃昏昇起。

我們在煙花裏
竟發覺有一些
半白的鬢髮
彷彿是
紅樓那個
在正月十五就
失踪的女孩。
（那是我們
另一個妹妹嗎？）

就是把
漢朝都找出來
都無所謂了
這是我喜歡的
炭燒咖啡
這是捕捉蟈蟈的黃昏。

可承受的輕塵。

突然我聽到
最小的女兒仍留在
便當盒裏
唱著她熟悉的
爵士，而且把
黃昏和她看過的
紅石，以及我脫下來
一雙懶懶
鵝毛黃的沙灘鞋

整齊地擺放著
猶一小小的
濟貧箱。

這時，穿著
金色校徽制服的母親
便來了，踢躂著
塘鵝一樣的
腳步，她短短的
手臂，挾著厚厚的
高加索神話
和一菜籃偷來的夏蟲。

也許，凌晨放出去的
北極熊應該
回來了吧，當我
沉默地替他儲存好
上京的盤川。
（早安，在我行囊裏的
另外一個女兒。）

日安，我的毛線衣。

穿上在倫敦
買回來的毛線衣
便感覺有一道
親切的保護牆
親切地，以一雙
母親的手
在冷雨之後
以她在嫁出去後
很少觸及太陽的手

我竟感覺
這些金黃色的毛線
像一堆晒乾了的
茶葉，靜靜地
陪著我，凝視著
一條條大江的走過。

都靜默了，我的手臂
一如偵探小說的
奇異搜索
在變冷後的
溫度計裏面
把我的血管找出來。

在我的腳下。

我喜歡的雛菊
是一隻黑色的
直昇機帶來
是一個降落傘
懸掛著
再且張開望雨的
眼睛，那時
維也納在我的腳下。

那時，西湖豈不是
也在我的腳下嗎？
那時，我聽到
在體內，六十七歲
鬆散的血管
猶一好看的
機槍子彈
至於越南和柏林
剩下來的
加農炮，現在
不是還斜斜地
放在我的床邊嗎？

我聽到在我體內
不只有一座聖母峰
折斷的聲音
以及有一些
初次航行的
溺水獨木舟。

在我的腳下。

和鰻魚一起。

當我在前座的
第一排看到韋伯和
他的假髮
和一支色士風
和一支伸縮喇叭
和一首不能
再跳下去的狐步
尤其是他不用餐刀
捕捉的鰻魚。

哦，這當然
也是一個
飢餓的城市人的
豐饒晚餐了
還有一些
草綠色的芝士呢！

至於這個
穿著禮服的主持
不是鎮定地
在臺上唸著
一連串的佛號嗎？
（明明他不會喜歡辛棄疾
不喜歡李義山。）

我們看緣去。

豈有一動三千的
緣分？雖然在這個
一直打著內戰
巷戰，搶掠著
女人口袋裏的
豐饒的季節
游擊隊把戀愛
剪得粉碎，之後
還在露天劇場

貼滿漂亮的海報。

帶來的七千個
命題，早就和
鎖在晉朝
白馬寺內的封印
嗚咽的盧溝
等待靜靜被解開。

都算了，我竟
記得我把
藍色的瞳孔
賣給吃著蘋果的

荷馬，一揚手
便趕走蟬來的噪音。
（真的有一動三千的
緣分。）

秦俑。

我總喜歡把
自己的耳朵
聽聽他們
吹著口哨
渡過漢水時的
聲音，以及他們遺下的
戰車還在
海床的深灘
啃著遺留下來的

變形蟲。
（發出的吃吃笑聲。）

他的束髮已經
懸掛得
夠高了，觀眾正在
猜估著
他的面頰上
是否還流著
鹹鹹的眼淚呢。

我聆聽著
他們踏著渭河

回來的
足音，以及
渡輪的汽笛
嗚嗚，嗚，嗚嗚。

我窮。

想起炸魚條的日子
想起倫敦塔
如此親炙我
從破爛的襪子和
彩色玻璃
想起超級市場的
收銀機，響著遙遠的
上課鐘擊。

想起嘆氣的鞋子
曾經和足球搏鬥
和救世軍的
熱飯搏鬥
我們仍然被釘在
十字架上
遙望眾山是惡山
水是黑水。

想起校歌，曾經
和放在地上的帽子
一起排列整齊。
（今日的太陽
竟如此親炙。）

把季節紋身。

塞尚，有這個構想嗎？
在外面入簾的
草色地上放一個
小小的捕鼠器
用來捕捉
剛剛走過的盛夏
當他脫下了司機的
墨綠色制服。

當他自七月的
舞會回來
當他駕駛著
南瓜變成的
跑車，回來
當他載著，
只剩下一隻
鞋子的女孩回來。

我是想
把他捕捉回來
然後紋上一身
流行的圖案。

（我們稱他為王子
雖然沒有童話，億萬年了。）

長街一角

坐在街衢的
入口，一千個
不算是很骯髒的
風吹，和我不斷地
擦肩而過，不斷地
觸摸著對方的
額頭，頂禮
說著古怪的暗語。

頂禮，我們都
彷彿沒有
甚麼稱之為憂鬱的
印象，哦，不過是
一隊及時被
夏天放逐出來
圓形的滾雷
以及一丁點兒咆哮。

頂禮，今天我
坐在有情街市的
入口，四萬八千個
菩男子善女子和我
輕輕擦身而過。

放生蟻。

頑皮的蟻，最後是
把他們忘年的
際遇，一匙匙地
舀起來，放入另一個
維度的大湖
他們童年的速寫
在另一個沒有塵劫的
地圖上。

甚至他們從來
不會相信再有
一個個在水底
捉日的白髮了
在他們懂得用
較大的茶杯
把湖舀乾的
時候，他們
都喜歡用微甜的
麥包洗擦著
糖蛀的牙齒。

最後，是我

把他們的短靴
脫下來，當他們
疲倦得
赤著腳走進
沒有宵禁的樹林。

偷一顆星。

自從懂得把鞋子
反穿在蠍子的頭上
在三更以後
逐漸有人向我
索還偷走的
星座。
(那時在展覽會
一堆堆泊滿
野馬跑車的星河

那時，我是最好的竊賊。

趁著還有
下一個晴朗的
早晨，我逃走
而且讓認識的捕快
靜靜地佇立在
在我本應盲了的瞳孔。

而且給他們
一襲隆冬也不必
穿著的薄睡衣
一袋母親的

炒米餅，讓他等待到
下一個唐朝。

小屋。

每一次晚餐
在好聽的交響曲
把甜壽司上的
海膽腥味
煎透了之後
總有在
窗外簌簌地
落下的掌聲。

於是我們決定
去長跑
拖著一串串
前生已經
穿著過的拖鞋
裏面有我們
四更天，微凍的
舌尖和鼻軒。

而緊緊地
跟隨著妳的
推理小說
逐漸在妳的

體內變成
歐洲所有的
甜食，還飄來一點
酸菜魚的餘香。

沙行萬里。

不肯饒舌的
剛剛從醫院接受
外科手術的沙
在我面頰，在眨眼的
過程，我正在解釋
他需要接受
一些善良的行腳。

而且讓一個個的

雁門關，在駱駝的
背上爬下來
並且開放
像望遠鏡的城孔。

真的，上兩個月
還看見穿旗袍的女人
還站在取經人飲過的
井邊呢，他說。

妳說，每次每次
洗滌一匹匹的長髮
那時，很多拖著囚犯的

士兵，都憔悴地走過。

（這是妳寄給我

後漢的照片嗎？）

愛妳，百年之前。

哦，我回憶中的
所有葬禮
一早就進行
另一次的哭泣
我的衣領
還插著
和南風天很相襯
黃色的雛菊。

好像在另一個城堡
也有另一次
曇花散落在
妳的長髮
以及緊抱著
妳細小的頸項
那時，讀經人的碎語
和北宋的詞人
是一種迷離的境界。

我的舟渡後面拖著
一串風鈴，拖著妳的
面頰走人群山。

忘年又幾番。

向你舉杯，在沒甚麼
籌碼的賭檯上
那時，我以城市的
容貌下注，你以不飛的
羽翼，以額旁的兩角
以沉思後的
仰後的姿勢。

自從你走入

這個沒有招牌
沒有荷官的
賭場，你的餘生
輕裘短衫
都是撲克
都是一罐
無法細數的茶葉。

遠處是圍城時
留下來的三文治
莫內的笑容和
很多畫家留下來的
賭注，譬如早被

禁止撿拾的貝殼。
（請先吃一點不油膩的
零食，和睡一個下午的
海灘。）

當這城圍上頸巾。

對於黃昏，如果
我在洗濯自己的
時候，不把
浴巾圍在
這個城市的
頸上，哦
真是一個罪過
等於我在閱讀著
狼在小說裏

吃人的時候
竟然不送她一顆
沒有蘋果味的
薄荷糖。

會記得在巴士站
牆上的題詩嗎？
母親，那些都是
四十歲能夠
想起的電話號碼了
哦，我新買的
燈盞，竟喜歡
那個女孩

穿來的長裙呢。

甚至黃昏被
下午壓成了
坦克輾過的樣子
我也是披一件
風褸就出去憑弔。
（拿著聊齋裏面
七月份的燈籠。）

當我學習回歸。

自從你學習
把患著風濕病的
右手鎮定地
割下來的時候
彷彿就可以
重新撐開一把
微風細雨都適合的
小小雨傘了。

我竟終日
想念著漂白了的
皮膚，在三十歲
仍然黝黑之前的
骨架，那時我是
隱形在每一家的
音響，而且態度溫柔。

朝朝夕夕
在超越的空中
摸索著一條
不太危險的
道路，然後

顫抖著回去。
（也許可以
帶一件黑色的背心呢。）

還有白色的犀牛嗎？

佛經上不是
說過有
一個特大的
農展會嗎？我們
也無須驀然
就可以
看到那隻
喜歡我們的
傳統犀牛站在

燈盞闌珊的
地方，揚著
吹休息號的獨角。

大乘裏面，不是
說一個
不肯吃菠菜的
孫悟空嗎？
世尊啊
稍後，我便想
靜靜去吃點
多色的冰淇淋。

稍後，所有的
經書便這樣寫
煮熟的雞蛋會回復
一隻小雞的
樣子，猶之
旋轉的木馬。

史前。

記得我站在，
被攻打的
城牆上嗎？母親
那時，我有一對
悲劇人物的眼睛
希臘類型的。

而長劍靜靜地
插在我的眉睫內

希臘諸神的性格
伏在我的鼻梁骨上。
匈奴在我的
右邊，突厥在
我的左邊
單于在我的前面
那時，只要
縱馬便可屠戮
那時，縱馬之前
彷彿也夠時間
閱讀一會
激發情慾的
刺客列傳。

（而我最喜歡的斬馬刀
斜斜地
劈在他的臉上。）

我默想，靜坐。

對於城市，今年的
季節，是一幅
潑錯了墨的
中國畫，是一幅
字字說錯的
經文，是一隻
不敢再聽禪的
大鵬，雖然
他昨天才站在

莊子的肩膊。

和封閉了的
加油站相比
哦，我不過是
一個等著坐化的
苦行僧，我低著頭
然而，很樂意地
聆聽，當救傷車
和消防車
吹著口哨走過。

也許，我們可以一起

等著解脫，比賽
誰的舍利子
較多一丁點
猶之碎石在
球場的後面堆起。

老天・我仍然清醒。

雨像葡萄糖粉
落下來的
那一天，我知道
即使是有
花嫁，或者
另外一個
斷層的故事。

都是短暫的

都是沒有
被安全地掃瞄
沒有托塔的李靖
沒有法海，會站在
水漫的金山寺外
無家可歸的
修行人，仍然
不知道怎樣
沿路回去。

甚至，當我的
頸部也好像生長著
銅雀台的

苔蘚，我體內的
寒冷，竟逐漸
以一個弧形的
角度走出去
以一個個蜘蛛
結網的方法。
（記得我的學校禮堂
外邊就是一條
下水道常常泛濫的
長街。）

摩訶薩

甦醒之後
千百個
阿僧祇劫的
城市，都在
你掌心蹲坐
而且聆聽。

那一秒鐘
曼哈頓和長灘

還在鋼琴，橫笛
色士風做成的
睡床上面
入夢到明年的
冬天，雪下如淚的
時候，便準備在
歌劇院
演奏受傷的莫札特。

我們早餐
沒有龍舌蘭和
荊棘了
檯上有一碟子

摩訶薩
留下的戀愛。

舍利子，色不異空

我的潛水袋子
裝滿被水母和海狼
毀壞了一千次早就
沒有燈塔的沙灘。
（以千載的時間
去靜靜祈禱
這些一個個熟悉的
名山，最近跟隨著他們的
女兒，不再擱淺在

坐滿漁火的海床上。）

最喜歡他們
扮演活在燈盞內的
角色了，扮演在
華嚴裏面
只有眼耳鼻舌
但無身無意的樣子。

被橡膠子彈
射穿了的星期六
游向沒有掛上旗號的
金銀島吧

突然記起
海盜時搶掠
商船和在水底
共睡的日子。
（原來這裏也有
一條喜歡擲骰子的星河。）

三世諸佛。

一合掌便感覺一把
無鞘的長鋏
在我指縫裏
雕刻著不同
不實的小城。
（所以羅丹已經
被圖書館嘲諷
他只是一個
業餘的騎師。）

閑時節
我和烘爐旁邊的
菩薩談談吃五月蛋
六月粥，以及
千年以前
已經叫不出名字
傷心的父親。

那條曾經被洗禮
一條淡水無味的
河，仍緊緊地
抱著我們的
腰脅，猶之弟弟。

作者簡介

草川

著名資深現代詩人，起自六七十年代，在現代文學，現代詩，短篇小說，散文方面，固有所長盛譽，詩作甚豐，屢在臺灣的《藍星詩刊》、《現代詩》、《創世紀》以及馬來西亞的《蕉風》發表。在香港亦是著名的《文藝月刊》和《軌跡月刊》的編輯委員及執行編輯。

性格爽朗，懂得欣賞美食。喜歡和親近的人共度美好的時光，不時高談闊論，不時撫掌大笑，將有趣的時光撰寫成詩文，記錄下了豐富的生活軌跡和不凡的生命際遇。

此外亦擅長運動，曾經是香港網球，香港游泳公開賽的球手及泳手，亦為網球和游泳的知名教練。

八十年代後從商，亦未忘記運動和創作，在香港報章副刊，每日一詩，十多年從未間斷，發表超過四千首現代詩，相信極難有企及的詩人。

一度是大專院校的客座講師，教授現代詩，佛經和劇本創作。同時研究佛家的有宗空宗，在商途飲馬，時跟大德高僧闊論止觀佛相。

千禧年以降，檢視何謂緣起性空之理，專心準備及後的佛經導讀，但仍未忘記束詩成輯的工作。

文化生活叢書·詩文叢集 1301CB1

哈囉，生活——捲起千堆雪

作　　者　草　川
責任編輯　蘇　輗

發 行 人　林慶彰
總 經 理　梁錦興
總 編 輯　張晏瑞
編 輯 所　萬卷樓圖書(股)公司
臺北市羅斯福路二段 41 號 6 樓之 3
電話 (02)23216565
傳真 (02)23218698

發　　行　萬卷樓圖書(股)公司
臺北市羅斯福路二段 41 號 6 樓之 3
電話 (02)23216565
傳真 (02)23218698
電郵 SERVICE@WANJUAN.COM.TW
香港經銷
香港聯合書刊物流有限公司
電話 (852)21502100
傳真 (852)23560735

ISBN 978-986-478-462-2
2022 年 1 月初版
定價：新臺幣 880 元

如何購買本書：
1. 劃撥購書，請透過以下帳號
帳號：15624015
戶名：萬卷樓圖書股份有限公司
2. 轉帳購書，請透過以下帳戶
合作金庫銀行 古亭分行
戶名：萬卷樓圖書股份有限公司
帳號：0877717092596
3. 網路購書，請透過萬卷樓網站
網址 WWW.WANJUAN.COM.TW
大量購書，請直接聯繫，將有專人為您服務。(02)23216565 分機 610

如有缺頁、破損或裝訂錯誤，請寄回更換

國家圖書館出版品預行編目資料

哈囉,生活：捲起千堆雪 / 草川 作. -- 初版. -- 臺北市：萬卷樓圖書股份有限公司, 2022.01
面；　公分. -- (文化生活叢書；1301CB1)
ISBN 978-986-478-462-2(精裝)
855　　110006167